AF589815

20 mai 1912 PP

COLLECTIONS

JEAN DOLLFUS

Tome IV

Tableaux & Objets d'Art

XVIIe et XVIIIe siècles

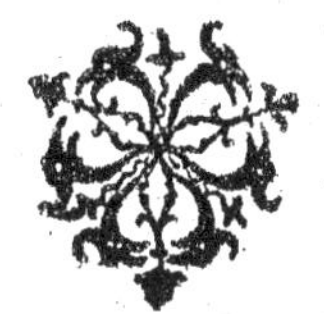

COLLECTIONS

DE FEU

M. JEAN DOLLFUS

(QUATRIÈME VENTE)

TABLEAUX ANCIENS

des XVIIe et XVIIIe siècles

OBJETS D'ART & D'AMEUBLEMENT

CONDITIONS DE LA VENTE

Elle sera faite au comptant.

Les acquéreurs paieront *dix pour cent* en sus des enchères.

L'exposition mettant le public à même de se rendre compte de l'état et de la nature des objets, aucune réclamation ne sera admise une fois l'adjudication prononcée.

Paris. — Imp. Georges Petit, 12, rue Godot-de-Mauroi — 22283-12.

CATALOGUE

DES

Tableaux Anciens

DES XVIIe & XVIIIe SIÈCLES

Œuvres de

J.-A. AVED, A. VAN BEYEREN, F. BOL, F. BOUCHER, A. CUYP, G. DOU, JAN FYT
J. VAN GOYEN, F. GUARDI, FRANS HALS, G. HEDA, M. DE HONDEKOETER, J. JORDAENS
N. DE LARGILLIERRE, SIR THOMAS LAWRENCE, N. MAAS, G. METZU
G. VAN MIERIS, A. VAN DER NEER, E. VAN DER NEER, A. VAN OSTADE, E. VAN DER POEL
H. POT, HUBERT ROBERT, A. ROSLIN, P.-P. RUBENS, S. RUYSDAEL
L. TRINQUESSE, A. VAN DE VELDE, A. VAN DE VENNE, J. WEENIX, ETC.

DESSINS ANCIENS

PAR BOSIO, F. BOUCHER, PH. CARESME
H. FRAGONARD, F. GUARDI, JAN VAN DER HEYDEN, J.-B. ISABEY, LÉPICIÉ
MOREAU LE JEUNE, OUDRY, J.-B. PATER, PRUD'HON, C. VERNET, ETC.

OBJETS D'ART & D'AMEUBLEMENT

DU XVIIIe SIÈCLE ET AUTRES

FAIENCES DE DELFT

Montres — Boîtes

MINIATURES par Dumont, Isabey, Augustin, Guérin, etc.

MEUBLES — TAPISSERIES

Dépendant des

Collections de M. JEAN DOLLFUS

ET DONT LA VENTE, PAR SUITE DE SON DÉCÈS, AURA LIEU A PARIS

GALERIE GEORGES PETIT, 8, RUE DE SÈZE

Les Lundi 20 et Mardi 21 Mai 1912, à 2 heures

COMMISSAIRES-PRISEURS

Me F. LAIR-DUBREUIL	**Me HENRI BAUDOIN**
6, rue Favart, 6	Succ^r^ de Me PAUL CHEVALLIER
PARIS	10, rue Grange-Batelière, 10

EXPERTS POUR LES TABLEAUX

M. GEORGES SORTAIS, PEINTRE	**M. JULES FÉRAL**
EXPERT PRÈS LE TRIBUNAL CIVIL	7, rue Saint-Georges, 7
11, rue Scribe, 11	PARIS

EXPERTS POUR LES OBJETS D'ART

MM. MANNHEIM, 7, rue Saint-Georges.

EXPOSITIONS

PARTICULIÈRE : *Le Samedi 18 Mai 1912, de 1 h. 1/2 à 6 h.*
PUBLIQUE : *Le Dimanche 19 Mai 1912, de 1 h. 1/2 à 6 h.*

11 C. 412

ORDRE DES VACATIONS

Lundi 20 Mai 1912

	Numéros
Tableaux anciens	1 à 115

Mardi 21 Mai 1912

Objets d'Art.	116 à 197

TABLEAUX

des XVIIe et XVIIIe siècles

École Anglaise

Beechey.

~~LAWRENCE~~

(SIR THOMAS), P. R. A.

1 — *Portrait présumé de la comtesse d'Essex.* 25000 / 12000 Adrien Dollfus

Toile. Haut., 77 cent.; larg., 62 cent.

ÉCOLE ANGLAISE

(Commencement du XIXe siècle)

2 — *Portrait d'homme.* 5000 / 2500 Feral

Toile. Haut., 80 cent.; larg., 66 cent.

ÉCOLE ANGLAISE

(XVIIIe siècle)

3 — *Portrait d'homme.*

Panneau. Haut., 15 cent.; larg., 12 cent.

ÉCOLE ANGLAISE

(XVIIIe siècle)

4 — *Portrait d'homme.*

Toile. Haut., 79 cent.; larg., 61 cent.

École Espagnole

HERRERA

(FRANCESCO DE, dit le Vieux)

5 — *Moines en prière.*

Toile. Haut., 79 cent.; larg., 94 cent.

VELASQUEZ

(Attribué à DON DIEGO RODRIGUEZ DE SYLVA Y)

6 — *Charles-Quint reçoit les dignitaires brabançons.*

Toile. Haut., 60 cent.; larg., 1 m. 24.

VELASQUEZ

(École de DON DIEGO RODRIGUEZ DE SYLVA Y)

7 — *Gentilshommes causant avec un pâtre.*

Toile. Haut., 50 cent.; larg., 37 cent.

ÉCOLE ESPAGNOLE

(XVIIe siècle)

8 — *Portrait d'un jeune pâtre.*

Toile. Haut., 60 cent. 1/2; larg., 52 cent.

École Flamande

CRAESBEECK

(JOSSE VAN)

9 — *Un Buveur.*

Panneau. Haut., 26 cent.; larg., 22 cent. 1/2.

DYCK

(Attribué à ANTOINE VAN)

10 — *Portrait présumé de Josse de Momper.*

Toile. Haut., 53 cent.; larg., 42 cent.

DYCK

(Attribué à Antoine van)

11 — *Andromède.*

Toile. Haut., 1 m. 80; larg., 1 m. 15.

FYT

(Jan)

12 — *Lièvres au bord de l'eau.*

Toile. Haut., 1 m. 01; larg., 1 m. 26.

FYT

(Jan)

13 — *Lièvres et Perdrix.*

Toile. Haut., 57 cent.; larg., 72 cent.

GELDORP

(Gualdorp-Gortzius)

14 — *Portrait de jeune homme.*

Panneau. Haut., 43 cent. 1/2; larg., 32 cent.

JORDAENS

(Jacob)

15 — *Portrait de Catharina van Noort, femme de Jordaens.*

Toile. Haut., 80 cent.; larg., 63 cent.

RUBENS

(Pierre-Paul)

16 — *Portrait de Gevartius.*

Panneau. Haut., 54 cent.; larg., 42 cent.

École Française

AVED

(Jacques-André-Joseph)

17 — *Portrait de femme.*

Toile. Haut., 1 m. 17; larg., 90 cent.

BIZARD

(École française, commencement du xixe siècle)

18 — *Portrait de Tallien.*

Toile. Haut., 30 cent.; larg., 24 cent.

BOILLY

(Louis-Léopold)

19 — *Portrait de femme.*

Toile. Haut., 22 cent.; larg., 16 cent. 1/2.

BOILLY
(Louis-Léopold)

20 — *Portrait de Fleury, de la Comédie française.*

Panneau. Haut., 20 cent.; larg., 15 cent. 1/2.

BOISSIEU
(Jean-Jacques de)

21 — *Portrait d'homme.*

Panneau. Haut., 22 cent.; larg., 17 cent.

BOUCHER
(François)

22 — *Pêches et Raisins.*

Toile. Haut., 73 cent.; larg., 56 cent.

BOUCHER
(École de François)

23 — *Jeunesse.*

Toile. Haut., 43 cent.; larg., 37 cent.

CARESME
(Jacques-Philippe)

24 — *Nymphes et Faune.*

Toile de forme ovale.
Haut., 53 cent.; larg., 45 cent.

DIETRICH
(JEAN-GEORGE)

25 — *Les Plaisirs du bal.*

Toile. Haut., 48 cent.; larg., 65 cent.

ÉCOLE FRANÇAISE
(XVIIIe siècle)

26 — *Portrait de jeune femme.*

Toile de forme ovale.
Haut., 63 cent.; larg., 52 cent.

ÉCOLE FRANÇAISE
(XVIIIe siècle)

27 — *Portrait d'un miniaturiste.*

Toile. Haut., 46 cent.; larg., 37 cent.

ÉCOLE FRANÇAISE
(XVIIIe siècle)

28 — *Pan et Syrinx.*

Toile. Haut., 47 cent.; larg., 55 cent.

ÉCOLE FRANÇAISE
(XVIIIe siècle)

29 — *Portrait de jeune femme.*

Toile ovale. Haut., 20 cent.; larg., 19 cent.

LARGILLIERRE
(Nicolas de)

30 — *Portrait de femme en Diane.*

Toile. Haut., 78 cent.; larg., 64 cent.

LECLERC
(Sébastien, dit Leclerc des Gobelins)

31 — *Le Bain.*

Toile. Haut., 50 cent.; larg., 65 cent.

REGNAULT
(Le baron Jean-Baptiste)

32 — *Pyrrhus tue Priam sur le dernier de ses fils (Prise de Troie).*

Toile. Haut., 34 cent.; larg., 64 cent.

ROBERT
(Hubert)

33 — *L'Entrée du parc.*

Toile. Haut., 64 cent.; larg., 51 cent.

ROSLIN
(Alexandre)

34 — *Portrait présumé de Mme de Lamballe.*

Toile de forme ovale.
Haut., 70 cent.; larg., 56 cent.

SUBLEYRAS

(Pierre)

35 — *Moïse au Sinaï.*

Toile. Haut., 42 cent.; larg., 32 cent

TOURNIÈRES

(Robert le Vrac, dit)

36 — *Portrait de jeune femme.*

Toile. Haut., 76 cent. ; larg., 62 cent.

TRINQUESSE

(L.-A.-R.)

37 — *Portrait présumé de Mme de Polignac.*

Panneau. Haut., 91 cent.; larg., 72 cent.

VAN LOO

(Charles-André, dit Carle)

DEUX PENDANTS

38 — *Le Faune.*

Toile. Haut., 1 m. 10; larg., 78 cent.

39 — *Bacchante.*

Toile. Haut., 1 m. 10; larg., 78 cent.

École Hollandaise

BEYEREN

(Abraham-Hendricksz van)

2000 40 — *A l'Office.*

3400 Toile. Haut., 65 cent.; larg., 59 cent.

A.S. Drey et Slettiner

BOL

(Ferdinand)

50000 41 — *Portrait d'homme.*

36500 Toile. Haut., 75 cent. 1/2; larg., 57 cent.

Feral

CUYP

(Albert)

30000 42 — *Les Pinkjes (bateaux de pêche) à l'embouchure de la Meuse.*

36500 Panneau. Haut., 47 cent.; larg., 71 cent.

Kleinberger

DECKER

(Cornelis)

2000 43 — *Chaumière.*

1900 Panneau. Haut., 47 cent.; larg., 38 cent.

George

DOU

(GÉRARD)

44 — *Portrait de la mère de Rembrandt.*

Panneau de forme ovale.
Haut., 25 cent. 1/2; larg., 21 cent.

8000
9600
Klemberger

ÉCOLE HOLLANDAISE

(XVIIe siècle)

45 — *Portrait de femme.*

Toile. Haut., 1 m. 05; larg., 74 cent.

850
Feral

EECKHOUT

(GERBRANDT VAN DEN)

46 — *La Pythonisse d'Hendor.*

Toile. Haut., 1 m. 11; larg., 81 cent.

40 000
36 000
Mme Thorens

GOYEN

(JAN VAN)

47 — *Les Pêcheurs au bord de la Meuse.*

Panneau. Haut., 37 cent. 1/2; larg., 51 cent.

15000
Trotti

GRAAT

(BERNARD)

48 — *Concert sous les arbres.*

Toile. Haut., 54 cent.; larg., 49 cent.

3000
3700
Adrien Dollfus

HALS

(FRANS)

49 — *Le Rieur.*

Panneau. Haut., 61 cent. ; larg., 48 cent.

HEDA

(GUILLAUME-NICOLAS)

50 — *Le Jambon.*

Panneau. Haut., 60 cent. ; larg., 78 cent.

HEDA

(GUILLAUME-NICOLAS)

51 — *Les Huîtres.*

Panneau. Haut., 60 cent ; larg., 75 cent.

HEDA

(GUILLAUME-NICOLAS)

52 — *Le Broc d'étain.*

Panneau. Haut., 85 cent. ; larg., 1 mètre.

HELST

(BARTHÉLEMY VAN DER)

53 — *Portrait d'un officier.*

Toile. Haut., 80 cent. ; larg., 63 cent.

HONDEKOETER

(MELCHIOR DE)

54 — *La Poule et ses poussins.*

Toile. Haut., 88 cent.; larg., 76 cent.

KEYSER

(Attribué à THOMAS DE)

55 — *Portrait d'une famille.*

Panneau. Haut., 59 cent.; larg., 78 cent.

MAAS

(NICOLAS)

56 — *Portrait du Dr Heinsius.*

Panneau. Haut., 55 cent.; larg., 40 cent.

MAAS

(NICOLAS)

57 — *Portrait d'une dame de qualité et d'un enfant.*

Panneau. Haut., 48 cent.; larg., 37 cent.

MAAS

(NICOLAS)

DEUX PENDANTS

58 — *Portrait d'un veneur.*

Toile. Haut., 57 cent.; larg., 45 cent.

59 — *Portrait de jeune femme.*

Toile. Haut., 57 cent.; larg., 45 cent.

MAAS
(Nicolas)

60 — *Portrait d'un professeur.*

Toile. Haut., 44 cent.; larg., 34 cent.

METZU
(Gabriel)

61 — *La Femme au perroquet.*

Panneau. Haut., 33 cent. ; larg., 26 cent. 1/2.

MIERIS
(Guillaume van)

62 — *Le Fumeur souriant.*

Panneau. Haut., 24 cent. 1/2 ; larg., 20 cent.

MOLENAER
(Nicolas)

63 — *Halte à la porte d'une auberge.*

Panneau. Haut., 46 cent.; larg., 37 cent.

NEER
(Aert van der)

64 — *L'Incendie.*

Panneau. Haut., 38 cent.; larg., 54 cent.

NEER

(EGLON-HENDRICK VAN DER)

65 — *Portrait d'un écrivain.*

Panneau. Haut., 96 cent. 1/2; larg., 78 cent.

OSTADE

(ADRIAEN VAN)

66 — *Le Repas.*

Panneau. Haut., 40 cent.; larg., 57 cent.

POEL

(EGBERT VAN DER)

67 — *Vue de Delft, après l'incendie de la poudrière.*

Panneau. Haut., 38 cent.; larg., 49 cent.

POEL

(EGBERT VAN DER)

68 — *La Chaumière au bord de la rivière.*

Panneau. Haut., 56 cent.; larg., 77 cent. 1/2.

POT

(HENRI-GERRITSZ)

69 — *Réunion de famille.*

Panneau. Haut., 64 cent.; larg., 91 cent. 1/2.

RUYSDAEL

(Salomon)

70 — *Paysage au bord de l'eau.*

Panneau. Haut., 74 cent ; larg., 62 cent.

SIMONS

(Michiel)

71 — *Le Perroquet.*

Toile. Haut., 1 m. 28 ; larg., 1 m. 63.

TERBURG

(Attribué à Gérard)

72 — *Visite à la malade.*

Toile. Haut., 65 cent. ; larg., 49 cent.

VELDE

(Adrien van de)

73 — *Vaches au pâturage.*

Panneau. Haut., 22 cent. ; larg., 28 cent.

VENNE

(Adriaen-Pietersz van de)

74 — *Fête donnée à l'occasion de la trêve conclue en 1609 entre l'archiduc Albert d'Autriche, souverain des Pays-Bas, et les Hollandais.*

Panneau. Haut., 48 cent. ; larg., 1 m. 17.

WEENIX

(JEAN-BAPTISTE)

75 — *Portrait d'un gentilhomme.* 3050

Toile. Haut., 79 cent.; larg., 69 cent. 1/2.

WERF

(Le Chevalier ADRIEN VAN DER)

76 — *Portrait d'un gentilhomme.* 3200

Toile. Haut., 48 cent.; larg., 63 cent. 1/2.

WYNANTS

(JAN)

77 — *Le Chemin montant.* 3200

Panneau. Haut., 29 cent.; larg., 34 cent.

ZICK (?)

(J.)

78 — *La Résurrection.* 1200

Toile. Haut., 34 cent.; larg., 30 cent. 1/2.

École Italienne

CARRACHE
(Louis)

79 — *Portraits d'Annibal et d'Augustin Carrache.*

Panneau. Haut., 45 cent.; larg., 52 cent.

GUARDI
(Francesco)

80 — *La Place Saint-Marc.*

Toile. Haut., 43 cent ; larg., 64 cent.

GUARDI
(Francesco)

81 — *L'Arc de triomphe en ruine.*

Panneau. Haut., 19 cent. 1/2 ; larg., 14 cent. 1/2.

GUARDI
(Francesco)

82 — *Le Quai des Esclavons.*

Panneau. Haut., 18 cent.; larg., 23 cent.

RICCI
(Sébastien)

83 — *Débarquement d'Antoine et de Cléopâtre.* 950 Feral

Toile. Haut., 61 cent.; larg., 76 cent.

STROZZI
(Bernard, dit Il Capuccino)

84 — *Portrait d'homme.* 720 Feral

Toile. Haut., 1 m. 23; larg., 95 cent.

DESSINS ANCIENS

BOSIO

(Jean-François)

85 — *Le Repas ridicule.*

Haut., 30 cent.; larg., 43 cent.

BOSIO

(Jean-François)

86 — *Le Déjeuner froid.*

Haut., 21 cent.; larg., 30 cent. 1/2.

BOSIO

(Jean-François)

87 — *Les Glaces.*

Haut., 28 cent.; larg., 30 cent. 1/2.

BOSIO
(Jean-François)

88 — *Deux Couples d'Incroyables.*

Haut., 21 cent.; larg., 32 cent. 1/2.

BOSIO
(Jean-François)

89 — *Rencontre d'Incroyables.*

Haut., 22 cent.; larg., 31 cent.

BOUCHER
(François)

90 — *Les Petits Jardiniers.*

Haut., 29 cent.; larg., 32 cent.

BOUCHER
(François)

91 — *Cinq Têtes d'études.*

Haut., 28 cent. 1/2; larg., 42 cent.

CARESME
(Jacques-Philippe)

92 — *Bacchanale.*

Haut., 38 cent.; larg., 52 cent.

ÉCOLE FRANÇAISE

(XVIIIe siècle)

93 — *Vue de la Manufacture de porcelaines de Sèvres.*

Haut., 20 cent.; larg., 32 cent.

ÉCOLE FRANÇAISE

(XVIIIe siècle)

94 — *Tête de jeune fille aux cheveux ornés de perles.*

Haut., 40 cent.; larg., 33 cent.

ÉCOLE HOLLANDAISE

(XVIIe siècle)

95 — *Le Moulin à eau.*

Haut., 24 cent.; larg., 35 cent.

FRAGONARD

(JEAN-HONORÉ)

96 — *Jeune Femme désespérée pleurant sur le corps de son amant.*

Haut., 23 cent. 1/2; larg., 36 cent.

FRAGONARD
(Jean-Honoré)

97 — *Scène du « Roland furieux ».*

Haut., 38 cent.; larg., 25 cent.

GIRODET
(De Roucy Trioson, Aimé-Louis)

98 — *Vénus sortant de l'onde.*

Haut., 42 cent.; larg., 34 cent. 1/2.

GUARDI
(Francesco)

99 — *Vue de Venise.*

Haut., 18 cent.; larg., 26 cent.

HEYDEN
(Jan van der)

100 — *Une Route dans une petite ville de Hollande.*

Haut., 13 cent.; larg., 19 cent.

HEYDEN
(Jan van der)

101 — *Église au bord d'un canal, dans une ville de Hollande.*

Haut., 29 cent.; larg., 59 cent.

HÜET

(C.)

102 — *Un Canard.*

Haut., 20 cent. 1/2 ; larg., 38 cent.

HÜET

(Jean-Baptiste)

103 — *Étude de moutons couchés.*

Dessin du milieu :
Haut., 7 cent. ; larg., 9 cent. 1/2.
Dessins du haut et du bas :
Haut., 5 cent. ; larg., 8 et 9 cent.

ISABEY

(Jean-Baptiste)

104 — *Portrait de Barbier-Walbonne, peintre méridional.*

Haut., 27 cent. ; larg., 22 cent.

LEONI

(Le Chevalier Octave, dit Il Paduanino)

105 — *Portrait de fillette.*

Haut., 28 cent. ; larg., 15 cent.

LÉPICIÉ

(Nicolas-Bernard)

106 — *La Petite Couturière.*

Haut., 17 cent. ; larg., 10 cent.

MARTINET

(L.)

107 — *Les Joueurs de billard.*

Haut., 25 cent.; larg., 39 cent.

MOREAU le Jeune

(JEAN-MICHEL)

108 — *Adam et Ève au moment de la tentation.*

Haut., 31 cent.; larg., 20 cent.

OUDRY

(JEAN-BAPTISTE)

109 — *Vue dans le parc d'Arcueil.*

Haut., 30 cent.; larg., 52 cent. 1/2.

PATER

(JEAN-BAPTISTE)

110 — *Personnage debout.*

Haut., 21 cent.; larg., 15 cent. 1/2.

PRUD'HON

(PIERRE)

111 — *Académie d'homme assis.*

Haut., 44 cent.; larg., 55 cent.

PRUD'HON

(PIERRE)

112 — *Étude académique.*

Haut., 31 cent. 1/2 ; larg., 22 cent. 1/2.

PRUD'HON

(PIERRE)

113 — *Oreste imploré par Andromaque.*

Haut., 39 cent. ; larg., 40 cent. 1/2.

ROOS

(PHILIPPE)

114 — *Un Troupeau à Tivoli.*

Haut., 47 cent. 1/2 ; larg., 35 cent.

VERNET

(ANTOINE-CHARLES-HORACE, dit CARLE)

115 — *La France reconnaissante proclame Napoléon premier empereur.*

Haut., 10 cent.; larg., 22 cent.

OBJETS D'ART

ET D'AMEUBLEMENT

FAIENCES, PORCELAINES

116 — Petite grenouille en ancienne faïence de Delft, décorée en couleurs sur fond jaune.

Larg., 7 cent.

117 — Deux plaques de forme contournée, en ancienne faïence de Delft, présentant le même décor : scènes familiales de style chinois. Bordures à rocailles et coquilles.

Haut., 30 cent. ; larg., 33 cent.

118 — Plaque oblongue, à bords contournés, en ancienne faïence de Delft, décorée d'une embarcation contenant des personnages de style chinois occupés à manger. Bordure de fleurs.

Haut., 22 cent. ; larg., 24 cent.

119 — Soupière ovale avec couvercle, à deux anses et sur quatre pieds, en ancienne faïence de Delft, à décor de fleurs dans des réserves sur fond vert. Marquée à l'intérieur : *D. 7*.

Haut., 21 cent. ; larg., 27 cent.

120 — Coq en ancienne faïence de Delft, décoré au naturel.

Haut., 15 cent.

121 — Deux troncs d'arbre sur lesquels sont perchés des oiseaux. Ancienne porcelaine tendre blanche de Saint-Cloud.

Haut., 22 cent.

122 — Statuette de Crispin debout et dansant, appuyé contre des rocailles. Ancienne porcelaine de Nymphenbourg.

Haut., 19 cent.

OBJETS DE VITRINE

123 — Montre en or émaillé, à décor de fleurs et rubans. Cadran signé : *Ageron, à Paris*. Époque Louis XV.

Diam., 4 cent.

124 — Montre en or gravé, ornée d'une petite peinture sur émail : portrait de femme en buste, vêtue de vert. Époque Louis XV.

Diam., 4 cent.

125 — Montre en or de couleur ciselé, ornée d'une peinture sur émail : Sacrifice à l'amour. Époque Louis XVI.

Diam., 4 cent.

126 — Boite, de forme dite ballon, en écaille piquée et posée or, à rinceaux, quadrillages et rosaces. Époque Régence.

Diam., 7 cent.

127 — Drageoir en écaille brune, posée or, à dessin de quadrillés. Époque Régence.

Diam., 7 cent.

128 — Étui a cire, en or de couleur ciselé à fleurs. Époque Louis XV.

Long., 11 cent.

129 — Boite, de forme contournée, en laque noir et or, à personnages et fleurs ; au revers du couvercle, un dessin rehaussé de couleurs : baigneuse assise. Époque Louis XV.

Larg., 9 cent.

130 — Boite ovale, en or de couleur ciselé, à dessin de rocailles et médaillons contenant des attributs. Fin de l'époque Louis XV.

Larg., 65 millim.

131 — Boite, de forme dite ballon, en or guilloché, émaillé gros bleu, décorée de rosaces et de cordons de feuillages en émaux polychromes. Époque Louis XVI.

Diam., 6 cent.

132 — Boite ronde, en écaille brune posée or ; décor de rosaces. Époque Louis XVI.

Diam., 75 millim.

133 — Boite ovale, s'ouvrant sur le côté, en or de couleur ciselé. Époque Louis XVI.

Larg., 9 cent.

134 — Boite oblongue, en mosaïque de Neubert ; monture en or. Sur le couvercle, petite plaque en laque noir et or, présentant un cerf et une biche. xviiie siècle.

Haut., 9 cent. ; larg., 6 cent.

135 — Boite ronde, cerclée d'or, en mosaïque de burgau, piquée d'or, à décor de fleurs. xviiie siècle.

Diam., 8 cent.

136 — Boite en or émaillé, à fond bleu, ornée sur le couvercle d'une scène familiale. Fin du xviiie siècle.

Larg., 75 millim.

137 — Étui en or de couleur ciselé. Fin du xviiie siècle.

Haut., 9 cent.

138 — Boite ronde, en écaille brune, doublée et montée à çage et à charnière en or ; le dessus est formé d'une mosaïque de Rome, représentant un chien et un chat, dans un paysage.

Diam., 8 cent.

139 — Boite de forme contournée, en or émaillé vert et gravé à dessin d'abeilles, sous émail. Elle est enrichie du monogramme de Napoléon III, entouré de quatre aigles exécutés en roses. Elle fut donnée par Napoléon III.

Larg., 7 cent.

MINIATURES

ET BOITES ORNÉES DE MINIATURES

140 — Miniature rectangulaire, présentant une jeune femme vêtue à la mode du commencement du xviiie siècle à Strasbourg, avec grand chapeau noir, par *Lutherburg* (*P. H. J.*), 1698-1768.

Haut., 9 cent. ; larg., 7 cent.

141 — MINIATURE ronde, portrait d'homme, en buste, vêtu d'un habit bleu ; fond de paysage. Époque Louis XV.

Diam., 65 millim.

142 — BOITE ronde, en écaille posée or, à entrelacs, ornée sur le couvercle d'une miniature en grisaille, représentant des jeux d'amours. Époque Louis XVI.

Diam., 8 cent.

143 — BOITE ronde, en écaille brune, doublée d'or, ornée sur le couvercle d'une miniature, représentant la chambre mortuaire de Voltaire, avec l'inscription : *Son cœur est ici et son esprit partout.* Époque Louis XVI.

Diam., 8 cent.

144 — GRANDE GOUACHE ovale, portrait d'homme vu de profil, portant les cheveux longs et vêtu d'un habit rouge à parements et col noirs. Fin du XVIIIe siècle. Encadrée.

Grand diam., 15 cent.; petit diam., 12 cent.

145 — DEUX MINIATURES ovales, en grisaille, compositions de style antique par de Gault, signées, dans un encadrement en mosaïque de jaspe et de lapis, avec bordure de bronze doré, à figures d'amours.

Diamètre des miniatures, 55 millim.

146 — MINIATURE ronde, portrait de trois enfants, par *Mlle de Noireterre*. Signée et datée : *Décembre 1793*. Encadrée.

Diam., 7 cent.

147 — Boite ronde, décorée au vernis, ornée sur le couvercle d'une miniature; portrait d'officier, en uniforme bleu à col rouge, par *Dumont*. Signée et datée : *L'an III*[me].

Diam., 7 cent.

148 — Deux grandes miniatures rectangulaires, portrait de femme et portrait d'homme, par *Bertrand;* signées. Époque Empire. Encadrées.

Haut., 13 cent.; larg., 11 cent.

149 — Boite rectangulaire, en écaille brune, doublée d'or; sur le couvercle, miniature ovale, portrait de jeune garçon, en buste, vêtu de bleu, par *Isabey*. Signée. Dans un cadre à réverbère. Commencement du xixe siècle.

Grand diam., 5 cent.; petit diam., 3 cent.

150 — Miniature ovale, portrait à mi-corps du commandant en second de la Garde consulaire, par *Isabey*. Signée et datée : *1800*.

Grand diam., 7 cent.; petit diam., 6 cent.

151 — Petite miniature ovale, portrait de l'impératrice Marie-Louise, en buste, vêtue de blanc, les cheveux frisés, par *Isabey*. Signée.

Grand diam., 3 cent.

152 — Miniature ovale, portrait de Napoléon Ier, en buste, en uniforme, la tête tournée vers l'épaule gauche, par *Isabey;* signée et datée : *1811*.

Grand diam., 65 millim.

153 — MINIATURE octogone, portrait de l'impératrice Joséphine, à mi-corps, vêtue d'un corsage blanc décolleté, avec jupe rouge, par *Isabey*; signée; montée sur une boîte en écaille brune et dans un cadre à réverbère. 7500

Haut., 7 cent.; larg., 3 cent.

154 — QUATRE DESSINS au lavis, dont un portrait de femme et trois portraits d'hommes, par *Isabey*; non signés; accompagnés d'un autographe du maître, daté : *1826*. 7000 / 3150

Haut., 20 cent.; larg., 14 cent.

155 — MINIATURE ovale, portrait de Napoléon, en buste, vêtu d'un uniforme vert, la tête tournée vers l'épaule gauche; signée : *J.-B. Isabey*. 500 / 400

Grand diam., 45 millim.

156 — MINIATURE ronde, portrait présumé de Claris de Florian, vu en buste, de face, vêtu d'un habit violet brodé, par *Augustin*; signée et datée : *1791*. 2220 Stettiner Musée Cognacq

Diam., 55 millim.

157 — MINIATURE ronde, portrait d'homme en buste, vêtu d'un habit gros bleu, par *Augustin*; signée et datée : *1802*. Cadre en argent. 610

Diam., 7 cent.

158 — MINIATURE ovale, portrait de Napoléon Ier, en buste, de profil, en grisaille, par *Augustin*; signée et datée : *1807*. 600

Grand diam., 5 cent.

159 — Grande miniature rectangulaire, par *Augustin* ; signée et datée : *1809* ; représentant un personnage assis dans la campagne et occupé à dessiner.

Haut., 22 cent. ; larg., 14 cent.

160 — Miniature ovale, portrait de femme à mi-corps, vêtue d'un corsage bleu décolleté, avec écharpe de dentelle noire, par *Augustin* ; signée et datée : *1814*.

Grand diam., 7 cent.

161 — Grande miniature ovale, portrait présumé de Prud'hon, à mi-corps, en habit marron, attribuée à Augustin.

Grand diam., 15 cent.; petit diam., 12 cent.

162 — Grande miniature ovale, portrait de jeune homme, en buste, vêtu d'un habit noir à boutons d'or, par *Aubry*. Commencement du XIXe siècle. Encadrée.

Grand diam., 17 cent. ; petit diam., 14 cent.

163 — Grande miniature ovale, portrait de Mme Minvielle Fodore, du Théâtre-Italien, par *Singry* ; signée. Commencement du XIXe siècle.

Grand diam., 16 cent.; petit diam., 12 cent.

164 — Miniature ovale, portrait de Babuti, père de Mme Greuze, en buste, vêtu de noir, par *Singry*, d'après Greuze. Signée.

Grand diam., 10 cent.; petit diam., 8 cent.

165 — Miniature ovale, portrait de femme en buste, de face, vêtue de blanc, avec ruban bleu, les cheveux bouclés, par *J. Guérin* ; signée. Époque Empire. Cadre en bronze doré.

Grand diam., 8 cent.; petit diam., 5 cent.

166 — Boite ronde, en écaille brune, ornée sur le couvercle d'une miniature ovale, portrait d'Alexandre Ier de Russie portant un uniforme bleu foncé, avec col rouge et grand cordon bleu en sautoir ; signée : *Bossi*, et datée : *1807*.

Diam., 8 cent.

167 — Boite ovale en or ciselé et partiellement émaillé bleu, présentant sur le couvercle une miniature : portrait présumé d'Alexandre Ier de Russie en buste, en uniforme. Sur la gorge de la boîte, le nom du joaillier : *Marguerite, joaillier de Leurs Majestés impériales et royales*. Époque Empire.

Grand diam., 9 cent.; petit diam., 7 cent.

168 — Miniature ovale : portrait de femme en buste, vêtue de blanc avec galons dorés. Commencement du xixe siècle.

Grand diam., 8 cent.; petit diam., 6 cent.

169 — Miniature ronde, attribuée à Dubourg : portrait de l'impératrice Joséphine en costume du sacre.

Diam., 6 cent.

170 — Miniature ovale, portrait présumé de la duchesse de Berry, en corsage décolleté, parée de nombreux bijoux, par *Lequeutre*; signée. Encadrée.

Grand diam., 12 cent.; petit diam., 10 cent.

171 — Miniature ovale : portrait de Ferdinand, duc d'Orléans, par *Mme Lizinska de Mirbel 1843*. Il est représenté en buste, vêtu de noir. Encadrée.

Grand diam., 11 cent.; petit diam., 9 cent.

172 — Miniature ovale : portrait de femme en buste, vêtue d'un corsage décolleté bordé de fourrure et enrichi de nombreux rangs de perles, par *Autissier*. Encadrée.

Grand diam., 7 cent.; petit diam., 6 cent.

OBJETS VARIÉS

173 — Hanap cylindrique en argent gravé et partiellement doré, à décor de personnages et cartouches; sur le couvercle, médaille de Charles XI, roi de Suède. xviie siècle.

Haut., 17 cent.

174 — Figurine équestre, en ivoire sculpté, de personnage en armure, monté sur un cheval cabré, avec casque sous les jambes de devant du cheval. Époque Louis XIII.

Haut., 14 cent.

175 — Vidrecome formé d'un cippe, en ivoire, présentant sur son pourtour le sujet de Diane surprise par Actéon, exécuté en haut-relief ; monture en argent doré, de travail d'Augsbourg. xviie siècle.

Haut., 30 cent.

176 — Buste en terre cuite, grandeur nature, de personnage barbu, de style antique, par *Pajou*. Signé et daté : *Juillet, 1757*.

Haut., 49 cent.

177 — Pendule sur socle-applique, plaquée d'écaille et garnie de bronzes dorés à rocailles. Époque Louis XV.

Haut., 1 mètre.

178 — Horloge à gaine, surmontée de trois statuettes dorées, et décorée de rocailles. Cadran orné d'une peinture et signé : *Hermanus Huysland, Amsterdam*. Travail hollandais du xviiie siècle.

Haut., 2 m. 93.

179 — Grand cadre en bois sculpté et doré, à décor de grosses coquilles, rinceaux, guirlandes de fleurs et feuillages. xviie siècle.

Hauteur intérieure, 1 m. 20 ; larg., 90 cent.

MEUBLES, TAPISSERIES

180 — Chaise en bois sculpté, à dossier plein, ornée de cannelures juxtaposées. xvie siècle.

Larg., 49 cent.

181 — Fauteuil en bois sculpté, à fleurs et rocailles, couvert en tapisserie au point, du temps de Louis XIV, à dessin de fleurs sur le siège, de compositions galantes sur le dossier.

Larg., 72 cent.

182 — Console en bois sculpté et doré, du temps de Louis XIV, à décor de palmettes, rinceaux et feuillages, avec pieds reliés par un croisillon ; dessus de marbre de couleur.

Larg., 1 m. 42.

183 — Fauteuil à haut dossier, en bois sculpté, à décor de feuillages et fleurs ; siège et dossier cannés. xviie siècle.

Larg., 60 cent.

184 — Console en bois sculpté et doré, avec croisillon d'entrejambes, à décor de palmettes, rinceaux, quadrillés et feuillages ; dessus de marbre portor. Époque Louis XIV.

Larg., 1 m. 35.

185 — Fauteuil en bois sculpté, à feuillages, couvert en tapisserie au point : jeune femme et joueur de tambourin sur le dossier, cygne dans une mare sur le siège. Époque Régence.

Larg., 72 cent.

186 — Fauteuil en bois sculpté à fleurs et rocailles, du temps de Louis XV. Il est couvert d'ancien velours oriental, à ramages polychromes sur fond jaune.

Larg., 75 cent.

187 — Fauteuil en bois sculpté à décor de feuillages et rocailles, couvert en velours d'Utrecht rouge, à grosses fleurs. Époque Louis XV.

Larg., 70 cent.

188 — Fauteuil en bois sculpté, à pieds tors et dossier orné d'un cartouche porté par deux figures terminées par des feuillages. Siège couvert en tapisserie du temps de Louis XV, présentant un cerf dans un paysage, encadré de rinceaux.

Larg., 66 cent.

189 — Commode à deux tiroirs, en laque noir et or, à décor de paysages avec habitations et arbustes sur la façade, oiseaux et feuillages sur le côté; chutes, encadrements, entrées de serrure et poignées à rocailles en bronze: dessus de marbre brèche d'Alep. Époque Louis XV.

Larg., 1 m. 42.

190 — Grande table-bureau à trois tiroirs, en marqueterie de bois de couleur à fleurs; chutes, poignées, entrées de serrure, encadrement, bordures en bronze doré. Époque Louis XV.

Larg., 1 m. 95.

191 — Petite commode à trois tiroirs, en bois de placage, garnie de bronzes; dessus de marbre gris. Fin de l'époque Louis XV.

Larg., 97 cent.

192 — Bureau à cylindre, en acajou, muni de nombreux tiroirs, avec tablette latérale: dessus de marbre blanc. Époque Louis XVI. Il est garni de bronzes dorés.

Larg., 1 m. 30.

193 — Canapé en bois sculpté et doré, à décor de cannelures, feuillages et baguettes enrubannés, couvert en velours rouge ciselé. Époque Louis XVI. Signé : *Demay*.

Larg., 2 m. 10.

194 — Vitrine plate, en acajou, sur pieds cannelés reliés par un entrejambes ; garniture de bronzes.

Long., 75 cent. ; larg., 45 cent.

195 — Deux vitrines plates, en acajou, sur pieds cannelés, garnies de bronzes.

Long., 76 cent. ; larg., 45 cent.

196 — Tapisserie d'Aubusson du temps de Louis XV, présentant, dans un paysage avec cours d'eau, un groupe : berger assis, jouant de la musette, accompagné d'une bergère tenant une houlette.

Haut., 2 m. 55 ; larg., 1 m. 65.

197 — Grande tapisserie d'Aubusson du temps de Louis XV : *la Diseuse de bonne aventure*. Au premier plan, une jeune paysanne accompagnée d'un enfant, montre sa main à une bohémienne qui porte un bébé sur son dos. Autour d'elles, un paysan étendu, une fillette assise, des brebis, une vache. Fond de paysage avec ruines.

Haut., 2 m. 55 ; larg., 3 m. 50.

Wildenstein
Concert champêtre
11 juin XVIIIe

Chevalier, Topobibliographie

www.ingramcontent.com/pod-product-compliance
Ingram Content Group UK Ltd.
Pitfield, Milton Keynes, MK11 3LW, UK
UKHW021948260726
13994UKWH00004B/1614